明
室
Lucida

照亮阅读的人

蓝

BLUETS
MAGGIE NELSON

[美] 玛吉·尼尔森 著　翁海贞 译

北京联合出版公司
Beijing United Publishing Co.,Ltd.

献给莉莉·马扎雷拉
第一个也是永远的
蓝色公主

如果这是真实,
我们便不会认为所有哲学值得一个小时的痛苦。

——帕斯卡尔,《思想录》

BLUETS

1.

如果在开始之前，我先说这句话：我爱上一个颜色。如果我说得如同忏悔；如果我们交谈的时候，我把纸餐巾撕成碎片。这爱来得缓慢。一种欣赏，一种声气相应。然后，某一天，便认真了。然后（看进一只空茶杯，杯底积淀着一层薄薄的棕色污垢，盘旋为海马的形状），不知怎的变得切身。

2.

如此，我爱上一个颜色——就眼前的状况来说，蓝色——好似中了魔咒，一个让我想要努力被迷惑，然后再从它底下脱身的魔咒。

3.

诚然，但那又如何？也许你会说，这是一种自愿的错觉。你会说，每个蓝色的物体都可能是一丛燃烧的灌木，一个只有间谍能够破译的密码，一个地图上的X。只是这幅地图太芜蔓，从而永远不能完全展开，但它包括了整个已知宇宙。蔷薇丛中所有那些被勾住的蓝色垃圾袋碎片，或者世界各地的棚屋和鱼摊上方飘拂的明亮的蓝色油布，怎可能在本质上都是上帝的指印？我会努力给你解释。

4.

我承认，也许是我太孤单。我知道孤单会带来一阵一阵炽热的痛。如果足够热，足够漫长，这痛便会开始模拟或者激发——随你喜欢哪个词——对神圣的领悟。（这原该引起我们的怀疑。）

5.

不过，我们且先将某个范例倒推一遍。1867年，法国诗人斯特凡·马拉美在经历了一段漫长的孤独时光之后，致信友人亨利·卡扎利斯："过去数月十分骇人。我的思想，思透其自身，抵达了一个纯粹的理念。在那漫长的焦灼里，余下的我所承受的煎熬简直难以为词。"马拉美将这焦灼形容为一次战斗，战场是上帝"骨骼嶙峋的翅翼"。他精疲力竭地、得意地告诉卡扎利斯："我与披挂着古老而邪恶的羽毛的生灵——上帝——作战；我幸运地将祂打败，抛到地上。"后来，马拉美开始将诗中的"le ciel"替换为"l'Azur"，企图从天空的指涉里涤净宗教的意味。"幸运的是，"他在信中对卡扎利斯说，"我现在差不多死了。"

6.

这半圈刺眼的宝蓝色的海，便是这爱的

原初场景。蓝色确实存在,单是曾经见过它,便让我的人生变得不凡。见过如此美的东西。看见自己置身于它们中间。没有选项。昨日,我回到那里,又站在那座高山上。

7.

可是,这爱属于哪一种?不要自欺地称它为崇高。承认吧,你站在博物馆的橱窗前,看着一只玻璃杯里的一小撮群青颜料粉末,心中感到一阵蜇痛般的欲望。可是,意欲做什么?把它释放出来?买来?吞下?自然界里的蓝色食物十分稀少——事实上,在野外,蓝色往往标识着应当避免食用的东西(霉菌、毒莓)——餐饮业专家通常建议餐馆不要使用蓝色灯光、蓝色油漆、蓝色餐盘。然而，尽管蓝色确实会抑制食欲，却能增长别种欲念。比方说，你可能想伸手拨弄那撮颜料粉，先染你的手指尖，然后去染整个世界。你可能想把它溶化，然后在它里面游泳；你可能想用它晕染你的乳头；你可能想用它描绘处女的披风。但你依然不曾接近它的蓝。完全没有。

8.

但是，不要误以为所有欲念都是渴望。歌德写道："我们爱思索蓝色，不是因为它向我们而来，而是因为它吸引我们朝它而去。"也许他说得没错，但我感兴趣的不是渴望活在一个我已经在活的世界。我不想要渴望蓝色的物体，更不想要任何"蓝色的本质"。最重要的是，我想要停止思念你。

9.

所以，请不要再写信告诉我任何美丽的蓝色的东西。说句实在话，这本书也不会告诉你任何美丽的蓝色的东西。这本书不会说，X难道不美吗？这类反问是对美的谋杀。

10.

我最想做的事：给你看我的食指尖。它的缄默。

11.

也就是说,纵然它苍白无色,我也不在乎。

12.

还有,请不要对我讲论"事物的如其所是"被任何一把"蓝色吉他"的曲调改变。[1] 这本书不关心那些会被蓝色吉他改变的东西。

13.

一所大学的应聘面试,三个男子坐在我的桌对面。我在履历表上写道:我目前正在撰写一本关于蓝色的书。这句话我说了很多年,

---

[1] 出自华莱士·史蒂文斯《弹蓝色吉他的人》:"事物的如其所是,在这把蓝色吉他上改变。"——本书脚注均为译注

却仍不曾写出一个字。也许这让我觉得自己的人生"在进行中",而不是从点燃的香烟上掉落的一截烟灰。其中一个男子问道,为什么是蓝色?人们经常问我这个问题。我从来不知该如何回答。我想说,对于爱谁或者爱什么,我们没的选择。从来没的选择。

14.

我一向喜欢告诉别人,我在写一本关于蓝色的书,却从不真正地去写。在这种情况下,通常发生的就是人们不断地给你送来故事、线索、礼物,你就可以摆弄这些东西,而不是词语。过去十年里,我得到蓝色的墨水、画作、明信片、染料、手链、岩石、宝石、水彩颜料、染料粉、镇纸、高脚杯、糖果。我被介绍给一个将门牙换成青金石的男人，单纯因为他爱这种岩石。我被介绍给一个崇拜蓝色的男人，他崇拜得如此虔诚，拒不吃蓝色食物，花园里只种蓝色和白色的花，花园环绕他的住宅，曾经的蓝色大教堂。我遇见一个男人，他是全世界有机靛蓝染料的主要种植者。我遇见一个男人，身穿令人心碎的女装哼唱琼妮·米切尔[1]的《蓝色》("Blue")。还有一个男人，长着流浪汉的脸，眼里渗出蓝色。我称这一个为蓝色王子。其实，这是他的名字。

---

[1] Joni Mitchell，加拿大音乐家、画家，被认为是20世纪最重要、最有影响力的音乐家之一。

15.

我想这些人是我的蓝色通讯员,他们的任务是从前方给我发来蓝色报道。

16.

尽管你得意扬扬地谈论这一切,而实际上更可能的是,你已病入膏肓。这些前方记者寄来一则又一则蓝色的新闻,如同怀抱最后的希望,寻找一张药方。

17.

可是,当你把颜色讲得如同一种疗法,却又不讲明你的病症的时候,你心里在想什么?

18.

初春的一个温暖午后,纽约城。我们到切尔西旅馆做爱。做过之后,我从房间的窗户看见一片蓝色油布,在对面的屋顶随风飘拂。你在沉睡,因此这是我一个人的秘密。这是日常生活的污渍,在阴湿的苍天下,一片明亮的蓝。那是我唯一的一次高潮。那片蓝色实际上是我们的人生。它在颤动。

19.

这个下午的数月之前,我做了一个梦。在梦里,天使来对我说:你须多花一些时间去思考神圣,少花一些时间去想象在切尔西旅馆解开蓝色王子的裤子纽扣。可是,如果蓝色王子解开裤子纽扣这事是神圣的,又当如何?我恳求道。好吧,她说道,留下我脸贴着蓝色的石地板啜泣。

20.

交媾让一切保持原状。交媾可能全然不干涉语言的实际用法。因为它也不能给予语言任何基础。它让一切保持原状。

21.

不同的梦,同样的时期:岸边一幢房屋外,一片严肃的风景。一间红木舞厅,舞蹈正在进行,我们以别人彼此述说他们想要的做爱之姿跳舞。之后是野性的魔法时刻:为了施下咒语，我得将每一件蓝色物体（两颗弹珠、一支小小的羽毛、一块天蓝色碎玻璃、一串青金石）放进嘴里，当它们释放出一种令人难以忍受的汁液之时继续含在口中。我抬头看时，你正乘着一只划艇逃亡，突然间被追捕。我吐出那些物体，将蛇状的蓝色面糊盛在盘里，然后主动提出帮助警船去追捕你，但他们说水势太不寻常。于是，我留下来，成为人们所说的"等待的女人"。城池悲伤地沦陷，头发散发着野兽的气息。

22.

诚然，有些事会改变。你的人生确实会蜕去一张膜，如同油漆桶口剥落一层凝固的颜料。我清晰地记得那天：我接到一个电话。一个朋友出了事故。她可能活不下来。她的脸变得极小，脊柱断了两处。她的身体不曾动过。医生形容她为"水中的卵石"。我走在布鲁克林，注意到街角废弃的美孚加油站里那株枯萎的长春蔓，突然间开了花。健身房里婴儿便色的淋浴间，雪花有时穿过破碎的铁护栏窗玻璃飘进来。我注意到数处黄色油漆剥落，一层得体的工业蓝色正试图悄然潜入。在泳池底，我看着混沌的蓝色之中切下一道冬日的白光，我知道它们一同制造神祇。我走进朋友的病房时，她的眼睛是一种尖利的淡蓝色，她身体唯一能动的部位。我害怕。她也是。那蓝色在颤动。

23.

歌德在一段被某位评论家描述为"其人生中漫长而毫无独特事件的时期"里，撰写了《色彩理论》(*Theory of Colours*)。歌德本人形容这是一段"绝不可能拥有安宁、镇定的心态"的时期。在尤为忧虑的时刻寻求色彩的慰藉，不单只有歌德一人。试想电影导演德里克·贾曼[1]，他就是在失明和感染艾滋病临死之际撰写了《色》(*Chroma*)。他也曾在一部电影中预言，这种死法是消失进"蓝色的银幕"。或者试想维特根斯坦，他在人生最后18个月患胃癌垂死之时撰写了《关于颜色的

---

[1] Derek Jarman，英国导演、诗人、画家。

评论》(*Remarks on Colour*)。他知道他在死去；他大可选择研究太阳底下任何一个哲学问题，但他选择写颜色。关于颜色和痛苦。这本书行文迫切，措辞晦涩，乏味得不似他的文风。他写道："我连篇累牍地谈论的东西，对于头脑并非如此虚弱的人来说，也许都是显见的道理。"

24.

最近有一位评论家写道："鉴于歌德对色彩的解释毫无物理意义这一事实，我们可能会质疑为何有必要重版这个英语译本。"维特根斯坦是这样说的："就我的理解：一种物理理论（譬如牛顿的理论）不能解决启发歌德的问题,即便他自己也未必能解决这些问题。"那么,歌德的那些问题是什么?

25.

歌德感兴趣的是"一位女士摔倒碰伤一只眼睛之后,所看到的所有事物,尤其是白色事物,都闪烁着色彩,缤纷得让她无法忍受"。这只是歌德所讲述的众多故事之一,关于人们的视觉受伤或被改变之后,似乎一直没有恢复,即便原本只是心理或情感的症状。他写道:"这表明眼睛这个器官极为脆弱,无能力自愈。"

26.

在我的朋友发生事故之后,我开始更频繁

地思索这位眼睛碰伤的女士与色彩缤纷的白色事物。类似这样的现象是否会发生在我身上,通过蓝色的代理?我曾听说颜色视觉的削弱通常伴随着抑郁,尽管我想不通此事在神经病学上如何或者何以可能。那么,开始更敏锐地看到颜色——或者,更古怪地,只看到一种颜色,这会是哪一种病的症状?狂躁?单狂?轻度狂躁?休克?爱?哀痛?

27.

但是,如果诊断只是对问题的一种重述,那么何必费心去诊断?

28.

大约就是在此时,我第一次萌生这个想法:我们的性事和谐,是因为他是被动的上位,我是主动的下位。我从未将这个想法说出来,但我经常把它拿出来想一想。我不知道在交媾之外,它会有多真实,或者多痛苦。

29.

如果一种颜色不能疗伤,它是否至少能激发希望?譬如,很久很久以前你从非洲寄给我的蓝色拼贴画,让我有了希望。可是,说实话,不是因为它的蓝色。

30.

如果一种颜色能给予希望,那么依此推导,它是否也能带来绝望?我能想到很多时刻,蓝色让我突然间充满希望(在悬崖边把方向盘打个急转弯,突然就找到了大海;在陌生人的浴室开灯,发现自己原本认定为白色的房间,其实是知更鸟蛋的蓝色;偶然看见威廉斯堡大桥的水泥里按进一排海军蓝的瓶盖;或者墨西哥一间玻璃工厂外一座闪亮的蓝色碎玻璃山)。然而,一时间,我想不起蓝色让我感到绝望的时刻。

31.

试着思考悉尼·布拉德福德[1]的状况，他的眼角膜浑浊，在52岁之时移植。重新获得视力之后，他出乎意料地变得愁闷。"他觉得世界很单调，剥落的油漆和其他诸如此类的瑕疵令他烦恼；他喜欢鲜亮的颜色，但是，当它们褪色之时，他就会沮丧抑郁。"重新得到视力、看到充满色彩的世界后不久，他"死于不快乐"。

---

[1] Sidney Bradford，出生10个月后失明，52岁时通过眼角膜移植手术重获视力；他是神经科学家理查德·格雷戈里关于视觉研究的重要对象。

32.

我说"希望"的时候，不是指希望得到任何具体的东西。我揣测我只是想说：值得随时保持警惕。"外面那些看着模糊的东西/都是些什么？/树？啊，我看够它们了。"这是美国诗人威廉·卡洛斯·威廉斯的英国祖母最后说的话。

33.

我得承认，不是所有蓝色都让我激动。譬如，暗哑的绿松石，我就不是很有兴趣；不冷不热、淡褪的靛蓝色，通常教我无动于衷。我有时会担心，如果没有被某个蓝色的东西打动，我就会彻底绝望或者死亡。有时候，我会假装热情。另一些时候,我怕我不能传达它的深度。

34.

"Acyanoblepsia",一种不能看到蓝色的色盲。这无疑是某层地狱——虽然是服用"伟哥"(Viagra)便可能纠正的地狱,因为"伟哥"的一个副作用就是令服用者看到的世界略带着蓝色。在我的单位里,有一个研究孔雀鱼绝经期的专家,他的办公室在我的对面,这是他告诉我的。他说这与阴茎的一种蛋白质有关,这种蛋白质和视网膜的一种蛋白质类似。除此之外,余下的理论我都没有听懂。

35.

蓝色的眼睛是否会看到更蓝的世界？大概不会，但我选择这么认为（自我夸耀）。

36.

歌德形容蓝色是一种生动的颜色，但缺乏喜悦。"可以说，它扰乱而非增添生趣。"那么，爱上蓝色，就等于爱上混乱？或者这份爱本身即是混乱？再有，爱上一个从构造上来说根本不能回应你的爱的东西，属于哪一种疯狂？

37.

你当真确定——有人或许想要询问——它不能回应你的爱？

38.

因为无人真正知道颜色是什么、在何处，甚至不知道它是否存在。（它能否死亡？它是否有心脏？）比如，试想一只蜜蜂，飞进一朵罂粟的花心：它看见一张洞开的紫罗兰色的嘴。而我们看见一朵橙红的花，便认定花是橙色的，认定我们自己是正常的。

39.

在这里，百科全书帮不上忙。书中问道："如果我们对颜色的感知通常夹杂着'错误的意识'，那么思考颜色的正确方式是什么？"书中得出结论："与其他情况不同，就颜色而言，错误的意识应是值得庆幸的事。"

40.

在谈论颜色与希望或者颜色与绝望之时，我不是在谈论交通信号灯的红色，或者验孕棒的椭圆形白色无纺布所显示的长春花色的线条，或者一根船桅上挂着的黑色风帆。我试图谈论蓝色在意义之外的意义，或者它对于我的意义。

41.

新千年的前夕，驱车驶过月亮谷。收音机里，流行音乐节目主持人轮流播放本世纪的最佳专辑。某个时刻，我想大约是第 30 张专辑，是琼妮·米切尔的《蓝色》。主持人播放她唱的《河流》("River")，评论说，这首歌之所以伟大,就在于这一个事实——之前从来没有女人如此清晰明确、毫不歉疚地说:"我如此难以驾驭,我自私,我忧伤。"进步!我想道。接着,传来下一句歌词:"现在我离开了,失去了我曾经拥有的最好的宝贝。"

42.

上诗歌韵律课之前,我坐在办公室里,努力不想你,不想我已经失去你。可是,怎会变成这样?怎会变成这样?是我让你觉得太蓝?是我太蓝?我低头看到授课讲稿上写着:Heárt-bréak是扬扬格。然后,我把头搁在桌上,开始睡觉。——为什么不管用?

43.

去参加教师会议之前,又跟孔雀鱼绝经期专家交谈。我问:颜色是否存在?生物学家如何看待这个问题?他说:啊,一条雄性孔雀鱼寻找配偶的时候,不会为颜色是否存在而发愁。他说,一条雄性孔雀鱼只在意自己必须是橙红色,以便吸引配偶。但是,能否确切地说孔雀鱼在意自己是橙红色?我问道。不能,他承认说。雄性孔雀鱼是橙红色。为什么是橙红色?我问道。他耸耸肩。在有些问题面前,他说道,生物学家只能退出战场。

44.

与孔雀鱼绝经期专家交谈的那天下午,

有一位心理治疗师对我说：如果他没有对你说谎，他会是一个与现在完全不同的人。她试图让我明白，尽管我以为我爱这个男人，全然爱他所有的一切，实际上，我完全无视他曾经或者现今的真实面目。

45.

这让我很痛苦。她逼我说出原因，我答不上来。相反，我说了一些其他的话，关于临床心理学总是将我们称为爱的所有一切，强行说成病理学或妄想症或生物学可以解释的东西。如果我所感受的并不是爱，那么我得被迫承认我不知道爱是什么，或者，更简单地，我爱上一个坏男人。所有这些表述多么快速地消耗爱的蓝色，只留下一条丑陋的、没有色素的鱼，在厨台的砧板上拍打。

46.

否认，沉默说道。

47.

是否有一类好的娼妓？当驱车穿过已经成为我的人生的巨幅广告牌森林、幽灵般的棕榈树、被灯光照得平坦的林荫大道之时，我思忖着。

48.

譬如，想象一个如娼妓般交媾的人。一

个看似擅长此事的人,一个专业人士。一个你现在还会在镜子里看到、与你欢爱的人,总是在镜子里边,在大约三尺外的地方疯狂地与你交媾。在一间被蓝色灯光照亮的公寓,从来没有日光。这个人总是在蓝色灯光下从背后冲击你。你们两人总是看似十分擅长此事,专心致志,沉迷其中,就好像在上帝赐予的这个地球上,你们的身体除了在昏暗的蓝色灯光下的镜子里似这样欢爱之外,不懂得做其他任何活动。你如何称谓似这般交媾的人?

49.

那种交媾有一种颜色,但不是蓝色。

50.

尽管数千年以来人们一直在刺探这个现象，然而，关于颜色是什么，在哪里，或者是否存在的困惑依然不解。并且是实实在在的刺探：在三一学院的暗室里，牛顿以他的狂热，时或拿起铁杆或木棍刺自己的眼睛，以便诱发、而后分析颜色的感知。据说，视觉受损的儿童会用手指击打自己的双眼，重新创造已经失去的颜色感知。（就得有这样的精神！）

51.

不如索性假定对象本身赋有颜色一般行事，百科全书说道。——诚然，确实可以随你高兴怎样便怎样。可是，倘若以别种方式行事，会是怎样？

52.

倘若，你能够尝试不以颜色似乎源自单独一种现象的方式谈论它。要记得所有各种表面、体积、光源、薄层、广度、坚硬度、可溶性、温度、弹性之于颜色的效果。试想一个物体散发、反射、吸引、传递或者散射光的能力。试想"光在羽毛上的运行"。试问自己，水洼是什么颜色？半夜跌撞着摸索到厨房倒水喝的时候，你途经的蓝色沙发是否仍是蓝色；如果你没有起床，无人走进房间去看它的时候，它是否仍是蓝色？我们出生15天后开始分辨颜色。余下的一生，除非视觉衰弱或失明，我们发觉我们同时面对所有这些现象，并且称这整个闪烁的混乱为"颜色"。你甚至还会说，从本质上闪烁的整体之中分辨有颜色的形体，这就是眼睛的功能。这是我们"阅历"世界的方式。有人可能也称它为痛苦的源头。

53.

"我们通常设定经验的性质为物理对象的内在性质。"——这是所谓的颜色的系统性错觉。或许也是爱的系统性错觉。但我尚且不愿如此推导——至少现在不愿。我信任你。

54.

早在光波或光粒子之前，有人（毕达哥

拉斯、欧几里得、喜帕恰斯）认为我们的眼睛释放某种发亮的物质，或者"感觉"我们的所见。（亚里士多德指出，这个假设在黑夜不成立，因为眼睛所标榜的能力依旧，物体却不可见了。）另有人，譬如伊壁鸠鲁，提出相反的假设，即物体本身发射一种光束直抵眼睛，就好似在直视我们（诚然，有些物体确是如此）。柏拉图取折中的说法，假定一团"视觉的火焰"在我们的眼睛与观看的对象之间燃烧。这个说法现在听来仍颇有道理。

55.

才识之士的一种形象：一个男子不是因为耻辱而失去视觉（俄狄浦斯），而是为了更清晰地思考（弥尔顿）。谈论性别问题之时，我力图避免笼统，可是说实话，我必须承认我无论如何也想不出倡导这类东西的智慧的女性形象。"这种纯粹，是头脑的流产。"（威廉·卡洛斯·威廉斯）

56.

然而，确实有许多关于女性——尤其是女圣徒——为了保持贞操弄瞎双眼的故事，以证明她们"眼中只看到"上帝或基督。譬如，圣露西的传说，她是盲人的守护圣人，其名字的意思为"清晰、闪闪发光、可理解的"。这里足够清晰的是：公元304年，露西被罗马皇帝戴克里先拷打、处死，从而为她的基督教殉难。这里不清晰的是：她为何举着一只金盘在哥特时期和文艺复兴时期的无数画作间奔走？她的蓝色眼珠在盘中投出诡异的目光。有人说，她的双眼在受拷打之时蹦出头颅；也有人说异教皇帝下令将她送到一家妓院遭受玷污，她便自己抠出眼珠。更不清晰的是圣梅丹（爱尔兰）和圣特里杜安娜（苏格兰）的双重传说。这两位信奉基督教的公主，都被不受待见的异教徒追求——两个追求者都声称，没有心上人的蓝色眼睛，他们便活不下去。传说，为了摆脱他们烦扰的关注，梅丹抠下眼珠，掷在追求者的脚下；特里杜安娜略有创意，用一根荆棘挑出眼珠，串在串肉扦上送给追求者。

57.

在宗教的叙述里，这些女性通过自残宣告对上帝的忠贞。别种叙述则存疑，认为她们实则是在惩罚自己。因为她们深知自己曾带着欲念看男子，感到有必要采取极端措施抵挡更深一层的诱惑。

58.

"爱是如此丑陋的东西，如果恋人们能够看清他们所做的事，人类就会灭绝。"（列奥纳多·达·芬奇）

59.

然而，也有一些喜欢看的人。并且，关

于女性的目光,我们听过的讨论仍不够多——倘若有的话。关于女性的目光所造成的灼痛——眼睛仍留在头颅的情况下。卡特琳·米勒[1]在她那部优美的性爱回忆录里写道:"我爱看一根前景良好的阳具。"继而描述她如何也爱看她丁极"棕色的坑"、阴部的"猩红山谷",它们各自舒展——坦露出其中的颜色——准备交媾。

60.

我也是爱看的。天主教的一篇祈祷词如此开始:"圣露西,你没有将你的光芒隐藏在篮底。"

---

[1] Catherine Millet,法国作家、艺术评论家、策展人,以回忆录《卡特琳·M.的性生活》(2002年)而闻名。

61.

在《论作为蓝色》(*On Being Blue*)这本书里,威廉·H. 加斯[1]论述道,读者真正想要的是"洞察隐私""我们想看裙子底下的东西"。然而,他的洞察最终令人厌烦,甚至连他自己也厌烦:"如果必须同时看到她内裤勒出的红色痕迹、臀部的粉刺、紫罗兰色指印的毛细血管、一日劳累之后如同反复被踩踏的阴部,那么偷窥她的阴毛又有什么好处?我家里有。"他认为,我们想要从人生中获得的蓝色实则仅出现在文学里,并建议作者"放

---

[1] William H. Gass,美国散文家、小说家、文学评论家。曾凭借作品《词语的聚居地》《发现一种形式》《时间的考验》三度获得美国国家书评奖。

弃这个世界的蓝色的东西,转而选择描述它们的词语"。

62.

这是清教主义,不是厄洛斯[1]。就我自己而言,我没兴趣观看或者为你提供一个无瑕疵的臀部或者用气笔修饰过的阴户。我的兴趣在于身体的三大孔洞以最不雅观的姿势与光线角度塞满粗壮、血管膨胀的阳物。我不会在世上的蓝色东西与描述它们的词语之间选择:不如索性将拨火棒煨得滚烫,准备好将你的双眼供上祭坛。你的损失。

---

[1] Eros,爱神,指代性爱、爱欲。

63.

总体上说，我不追逐蓝色的东西，也不为它们付钱。我所珍惜的蓝色都是礼物，或者是风景里的惊奇。譬如，今年夏天我在北方挖来的那几块岩石，每一块的腹部都画着一道神秘的亮蓝色条纹。很久以前你带给我的一小块海军蓝染料次品，整齐地被包裹在一张纸内。

64.

大约正是在这个时候，我计划去很多蓝得出名的地方：靛蓝和菘蓝染料的古老产地、沙特尔大教堂、斯凯岛、阿富汗的青金石矿、斯克罗威尼礼拜堂、摩洛哥、克里特。我绘出一幅地图，使用彩色大头针，等等。但我没有钱。于是，我申请了一笔又一笔研究经费，描述我的蓝色考察将如何地令人兴奋、如何地独创、如何地有必要。在一份深夜发送给一个保守的常春藤联盟大学的申请表里，我将自己和课题皆描述为不信教、享乐主义、淫秽。我没有得到任何经费。我的蓝色研究限于本地。

65.

蓝色染料的包装纸印着使用说明：将蓝色裹在布里；将蓝色挤进最后一桶漂洗水之时搅拌；将物件依次放入，浸泡一小段时间；让物件不断地移动。我喜欢这个使用说明。我喜欢蓝色不断地移动。

66.

昨日，我终于从屋外的地上捡起数星期以来我一直想要的一片蓝色，结果发现是毒白蚁的粘纸。正如其他一些蓝色的东西，这片纸上写着：Noli me tangere（别碰我）。我把它留在原地。

67.

雄性缎蓝亭鸟不会将它留在原地。雄性缎蓝亭鸟会叼着它拖进他的树荫，或者依照一些野外指南的说法，他的"求偶亭"。他花费数周时间寻找蓝色的东西装点这间亭子，以求吸引雌鸟。雄性缎蓝亭鸟不但收集、安排蓝色的东西——蓝色票券、蝉的翅翼、蓝色花卉、瓶盖、其他蓝色小鸟身上抢来的蓝色羽毛。如有必要,他还会杀死小鸟以便得到羽毛——而且他还会用蓝色果实涂绘凉亭,用磨损的小树枝充当画笔。他抱着竞争心态构筑凉亭,从其他雄性缎蓝亭鸟那里偷盗蓝色宝物,有时也会糟蹋其他鸟的亭子。

68.

亭子筑成之后,雄性缎蓝亭鸟用鲜黄的草叶在附近搭一座舞台,他在舞台上唱歌跳舞,吸引路过的雌鸟。经验丰富的建筑师和表演艺术家,倘若演得够好、亭子够蓝、黄色草垫的映衬够醒目,每季能引诱多达33只雌鸟前来交配。缺乏经验的建筑师有时连一只也引诱不来。雌鸟仅交配一次,并且独自孵鸟蛋。

69.

看到这些蓝色求偶亭的照片时,我的欲望如此高涨,以至我不禁思忖自己出生时可能生错了物种。

70.

我是否也试图用这些"命题"构筑某种亭子?——但是,这必定是个错误。首先,"词语不像它们所指涉的东西"。(莫里斯·梅洛-庞蒂[1])

---

[1] Maurice Merleau-Ponty,法国哲学家,现象学运动的领导人物之一,代表作为《知觉现象学》。

71.

一段时间以来，我试图在我的孤单里寻找尊严。我发觉这事很难。

72.

当然，在孤独里寻找尊严比较容易。孤单是带着困难的孤独。蓝色能否解决这个困难，或者能否至少在其中与我做伴？——不能，不完全能。蓝色不能以那种方式爱我；它没有手臂。然而，有些时候，我确实感到它的存在似乎向我眨眼示意——你又来了，它说道，我也来了。

73.

牛顿在《光学》(*Opticks*)里时常提到一位宝贵无价的"助手",帮助他折射穿过"暗室"墙壁所凿孔洞的太阳光束——他是帮助牛顿发现或者揭示光谱的助手。然而,长期以来,很多人怀疑这位助手是否确实存在。而今,很多人认为他本质上是一个"修辞的虚构"。

74.

现今,谁会与幻影般的助手为伴,看着阳光穿过她的"暗室"墙壁,或者敲打她的眼睛再造失去的颜色视觉,或者整夜不眠望着颜色的阴影在墙上飘移?在诸多不同的时刻,我做过所有这些事,但不是为了科学,也不是为了哲学，甚至不是为了诗歌。

75.

我主要是觉得自己正在成为忧伤的仆人。我仍在寻找其中的美。

76.

在某个历史时期，为了仿造源自青金石的群青色——这种石料长久以来仅出自一处矿藏，位于我们今日所称的阿富汗（Afghanistan——Sar-e-Sang, 意为"石之地"），须途经数百里危机四伏的商路运输出来。西方人用鲜血和铜炮制较廉价的颜料。总体上说，我们不再使用这种做法。我们不再用猪膘装油。我们去商店买。如果我们想知道何为光幻视,我们不会捏起拳头砸自己的眼睛。我们会用谷歌搜索这个词语。你若抑郁,就吃药。这些药丸,有些是亮蓝色的。你若孤单,克雷格列表[1]上有个家伙,就住在两个街区外。他说有一小时空闲,有一根比驴子还长的阳具。他贴了一张照片来证明。

77.

"我为什么要觉得孤单?我们的星球不是在银河系吗?"(梭罗)

---

[1] Craigslist,美国的分类广告网站,提供工作招聘、住房、销售、所需物品、社区服务、演出、论坛等信息。

78.

曾有一次,我到伦敦泰特美术馆看伊夫·克莱因[1]的蓝色作品。他发明了一种群青色,命名为国际克莱因蓝(IKB),并取得专利。然后,在他自己称为"蓝色时期"的人生阶段里,克莱因用这个颜色描绘油画和物体。在泰特美术馆,站在这些蓝色绘画或命题面前,我感觉它们的蓝色如此炽热地散发,好似在碰触,也许甚至碰疼了我的眼珠。我在笔记本里仅写下一个词:过甚。我大老远地跑来,却几乎不能好好看两眼。也许我不经

---

[1] Yves Klein,法国艺术家,是"二战"后欧洲艺术界的重要人物。他是行为艺术最早的推动者,同时也被视为极简艺术和波普艺术的先驱。

意间触及了佛学的公理——了悟是终极的失望。爱默生写道:"在山中看见山。"

79.

单是因为某人爱蓝色,并不等于此人想要终生在以蓝色构造的世界中度过。爱默生写道:"人生是一连串的思绪,如同一串玻璃珠。我们经历这些思绪的时候,它们便是五彩缤纷的镜片,以它们的颜色涂绘世界。每个镜片只能显示其焦点之下的东西。"发现自己陷入任何一颗珠子,无论它是哪一种颜色,都会是致命的。

80.

我听说：阿富汗的矿藏枯竭之时（当地人说是因为塔利班的高压统治，他们在 2000 年炸毁石矿入口的两尊巨佛——佛像的蓝色光轮是地球上最古老的青金石用法——从而导致一段尤其漫长的枯竭期；至于之后美国人的轰炸又导致了什么，只有上帝知道），矿工用炸药给石脉放血，希望能够开启"淘蓝热"。

81.

我知道的是，遇见你的时候，我的淘蓝热就开始了。我想要你知道，我不再认为这是你的过错。

82.

然而，我一直努力——尽管时断时续——活在其他的玻璃珠内。在纽约城的一个格外百无聊赖的冬日，我在艾伦街的五金店买了一大罐亮黄色油漆，想象着它的明媚也许能够振奋我的灵魂。回到家中，撬开盖子，我发觉他们给错了颜色。或者这才是真正的黄色，可是，在家中，它看着俗艳——正如人们所说的"蔫头蔫脑"。一种极为难看的黄色，暴怒的黄色。我后来得知，几乎所有文化都认为，所有颜色孤立之时，黄色即使不是最难看的一种，也是其中之一。我拿它漆屋里所有的东西。

83.

我试图符合这个主题：我买了一个黄色的日记本。我在日记的扉页写下一句有洞察力的口号：不要说谎，不要做你痛恨的事，因为一切都呈现于上苍的视野之下。

84.

我恨那段时光，恨那间公寓。把一切漆成黄色之后不久，我便搬了出来。我看了许多公寓，当我走进随后搬入的公寓过道之时，我知道我可以住在这里，因为房租便宜，过道是婴儿蓝。朋友们都说这间公寓与先前那间一样，气味不好。但我在门槛边发现一枚正面朝上的硬币。再说，我已经不住在那里。

85.

2006年的一个下午,我在洛杉矶的一家书店里随手拿起一本书,书名为《最深的蓝色》(*The Deepest Blue*)。原以为是论述色彩的专著,但看到副标题的时候,我不由得感到尴尬:"女性如何面对与克服抑郁"。我赶紧将它摆回书架。八个月后,我在网上订购了这本书。

86.

书名暗含的意义是男性感知蓝色,女性感受最深的蓝色。无疑,这又是一种夸大的形式——令我想起数年前在布鲁克林一间急诊室度过的一夜——我感到某种神秘的症状,腹部左下侧有一种燃烧的感觉——有个女人在候诊室哀号,说是吃了炸鸡后肚子胀气,尽管她身上遍布裂痕和忧伤,而不是炸鸡的胀气——一个年轻的医生让我用1—10等级估计疼痛——我有些困惑,觉得自己似乎不该去那里——我说"6"——他对护士说,写"8",因为女性总是低估自己的疼痛。男性总是说"11",他说。我不相信,但我揣想他也许知道。

87.

叔本华写道:"大喜、大悲、大努力,都不适合(女性);她们的人生理应比男性的更加安静、更加琐细、更加轻柔,在本质上又不会更加快乐或不快乐。"我们会想知道,他认识的都是什么样的女性？无论如何，但愿如此吧。

88.

如同其他诸多自助书籍，《最深的蓝色》充满简化得让人震惊的语言。诚然，其中也有一些不错的建议。不知为何，这本书中的女性全部都学会说：说话的是我的抑郁，而不是"我"。

89.

就好像可以剔除虹膜的颜色而依然保持视觉。

90.

昨夜，我以长久未曾有过的方式哭泣。我哭得衰老了自己。我在镜子里看着它发生。我看着皱纹来到眼睛周围，犹如雕刻的太阳纹饰；我看着它们，就像看着花朵在窗台上以延时的方式盛开。泪水不但令我的容颜衰老，而且改变了面部的质地，双颊的皮肤变成了油漆用的腻子。我将这个现象视为衰落的仪式，却不知如何令它停止。

91.

"Blue-eye"，旧式词语，意思是："眼睛周围的蓝色或深色圆圈，源自哭泣或其他原因。"

92.

我终于向一个朋友讲述我哭泣的一些细节——关于其强度和频率。她说（善意地），她认为我们有时会在镜子前哭泣，不是为了激发自怜，而是因为想要让自己的绝望被见证。（映像能否作为证人？我们能否用一根芦苇给自己递来浸了醋的海绵[1]。）

93.

一位临床心理学家写道："初看之下，诸如哭泣这样一种如此无害、天生的行为，也

---

[1] 参见《圣经·新约·马可福音》15:35—36、《圣经·新约·马太福音》27:47—48：耶稣被钉十字架之时，"有一个人跑去，把海绒（海绵）蘸满了醋，绑在苇子上，送给他喝"。

可能指示某种机能障碍或者症状。"但是,这位心理学家坚决主张,我们必须面对这个事实:"有些哭泣无非是适应不良、机能障碍,或者不成熟。"

94.

好吧,那么,依你所愿。这是机能障碍在说话。这是疾病在说话。这是那么想念你的我在说话。这是最深的蓝在说话,说话,总是对你说话。

95.

但是,请不要再写信来告诉我,你如何哭着醒来。我已经知道你多么迷恋你的哭泣。

96.

蓝色王子之所以是蓝色王子，是因为他豢养"一头悲伤的宠物，一头蓝色的恶魔仆从，到处跟随着他"（詹姆士·拉塞尔·洛厄尔，1870年）。这就是蓝色王子变成痛苦的恶魔的过程。

97.

那么，现在我想，我们可以说：一颗玻璃珠或许能为世界渲染色彩，但不能独自成为一串项链。我想要那串项链。

98.

文森特·凡·高——有人说他的抑郁症

可能与颞叶癫痫有关——以简直让人难以忍受的鲜艳色彩观看和描绘世界而出名。在开枪射击自己肚子的自杀近乎失败之后，被问到他为何不该被拯救时，他著名的回答是："那份忧伤会永远留存。"我想象他是对的。

99.

我受伤的朋友在医院住了数月之后，作为外展项目的一部分，一位四肢瘫痪者前来探访她。她在病床上问他："如果我一直瘫痪着，需要过多长时间，我的伤处才会感觉像是人生的正常部分？"至少五年，他告诉她。下个月起，她就要进入第三年。

100.

我们经常数自己度过的时日,好似衡量这一行为会给予我们某种承诺。然而,这实则如同拿着挽具套一匹无形的马。去年此时,另一位心理治疗师对我说:"你一年后的感觉根本不可能跟今天的一样。"然而,尽管我学会了以似乎不同的感觉行事,事实却是,我的感觉确实没有改变。

101.

"'二战'的岁月以及战后的年代,都是让我眩晕和悲伤的时光,即便我想就那段时光说些什么，我也说不出来。"塞巴尔德[1]的《移民》里有一个角色如此说道。读了这句话之后，我抽样调查了数位朋友，他们有多少时间介于"眩晕和悲伤的时光"与完全只是抑郁的废物之间。我得到的一致意见是七年左右。这证明我的朋友们的慷慨——我想象绝大多数美国人会给自己一年，或许两年，然后就会严厉地敦促自己振作起来。譬如，2001年9月21日，乔治·W.布什告诉国民，哀痛的时刻已经过去，坚决行动的时刻已经来临。

---

[1] W. G. Sebald，德国作家。代表作有《移民》《眩晕》《奥斯特利茨》等。

102.

我的朋友出事故之后，我照顾她。总是照顾，但很困难，因为有些时候，照顾她等于给她造成痛苦。两年里，将她挪进又挪出轮椅，我们得进行这项被称为"转移"的复杂行动。"转移"通常导致她的双腿极为痛苦地痉挛，这个时候，我所能做的是压住她的双腿，嘴里说着，对不起，很对不起，直到痉挛停止。她的皮肤表面有扩散性神经痛，没有一个医生能够理解。她说这种疼痛让她的皮肤感觉像是皱巴巴的燃烧的保鲜膜。她描述这种疼痛的时候，我们一同看着她的皮肤。

103.

痛得厉害的时刻,她毫无血色。痛得药物失效的时刻,这样的时刻很多,她说,感觉好似有一层纱布,罩在她与余下的世界之间。在我的脑海里,我想象它是一件燃烧着的无形外套悬挂在我们之间。

104.

我感觉不到朋友的痛苦,然而,当我无意间给她造成痛苦的时候,我会龇牙咧嘴,好似伤到了自己。确实伤到了。我经常精疲力竭地把头靠在她坐着轮椅的腿上,告诉她我多么爱她,告诉她我很难过她承受那么多痛苦。我能够见证与想象、却不知晓的痛苦。

她说，如果在我之外还有人知道这份痛苦，那个人便是你（还有 J，她的爱人）。这句话很慷慨，因为我一直觉得，亲近她的痛苦是给我的一种特权，尽管痛苦可以被定义为我们通常试图回避的东西。这也是因为她内心依旧如此宽宏，因为她从不抱持痛苦的等级，无论是在她出事故之前还是之后。在我看来，这不亚于一种了悟。

105.

没有衡量颜色的仪器；没有"颜色计"。鉴于"颜色的知识"总是取决于个人的感知，怎么可能有这种仪器？不过，这并没有妨碍奥拉斯-贝内迪克特·德·索叙尔[1]在1789年发明了一种装置,他称之为"计青仪"(cyanometer),希望以此测量天空的蓝色。

106.

初次听说计青仪的时候,我想象那是一部安装有各种刻度盘、控制曲柄、按钮的复杂机器。然而,索叙尔"发明"的,实则就是在一张纸板上镂空54个正方形,旁边设置标有数字的53条蓝色色块,或者他所谓的"细微差异":你只须对着天空举起这张纸板,比照天空的颜色,尽可能找到最接近的色块。

---

[1] Horace-Bénédict de Saussure,瑞士博物学家、地质学家,一般被认为是现代登山运动的创始人。

正如罗斯（Thomasina Ross）在《洪堡的旅行》（*Humboldt's Travels*，1852）里写道："我们仰慕地注视天空的蔚蓝。中天的强度似乎对应计青仪的41度。"后半句话让我觉得无比喜悦，但实则并未让我们前进一步——无论是在知识上，还是在美学上。

107.

很多人不认为格特鲁德·斯泰因[1]的写作"意味着"某种东西。也许确实没有。但是，当我的学生抱怨说，他们想把《软纽扣》（*Tender Buttons*）扔到教室一边的时候，我试图向他

---

[1] Gertrude Stein，美国小说家、诗人、剧作家、艺术品收藏家与批评家，对20世纪西方文学产生过重要影响。

们解释，斯泰因在书中处理了一个极其紧要的问题。我告诉他们，斯泰因关心的是伤害色。"一个盛况，没有任何奇怪的东西，单独一种伤害色，一个体系里作为指示的安排。"我大声地朗读，环顾教室搜寻，看是否也有一张面孔流露出关心伤害色的神情。"热情地伤害一个云雾般黄色的花蕾和茶碟。""一朵凉却的红玫瑰和一种粉红切割的粉红。"好似经过切割，便可更深入地揭示颜色。

108.

譬如，试想莱昂纳德·科恩[1]的《著名的

---

[1] Leonard Cohen，加拿大歌手、诗人。

蓝色雨衣》("Famous Blue Raincoat"),它的主要特征是"肩头破损"。也许正是这处破损让这件雨衣出名。这首歌展示了科恩最悲伤、最晦暗的一面,它揭示诸多,但我一直喜爱最后一句歌词——"Sincerely, L. Cohen"——因为这句话让我觉得,不光是我一人将所有东西都写成书信。我甚至会更进一步地说,除此之外,我不知该如何写作,这种写法让在孤独棱镜之中的写作——就像我现在写下的文字——成为某种新奇、痛苦的实验。"当朋友让我们失望的时候,我们便立刻将爱转移给另一个值得的对象。"与爱默生发生激烈的争执之后,梭罗如此写道。无意间为无数流行歌创作者如何以及为何将蓝色比拟为值得信赖的朋友提供了一个中肯的解释。它"在我孤单的时候爱我/总是先想到我",露辛达·威廉姆斯[1]唱道。可是,这实在奇怪——好似蓝色不但有心脏,而且有头脑。

109.

渐渐地,我受伤的朋友的双脚,由于长期不用而变得蓝而光滑。脱脂奶一般的蓝,婴儿一般的光滑。我想,它们看起来、摸起来很奇特、很美。她不认同。她如何能够认同——这是她的身体;它的变化,是她的悲痛。我们经常一起检查她的身体,就好似瘫痪令这些

---

[1] Lucinda Williams,美国歌手。上文提到的歌词来自其作品《蓝》("Blue")。

部位成为独立于我们之外的客观对象。然而，它们仍是她的身体部位。在我们的人生里，无论我们的身体出了何事，纵使它们变得如同"水中的卵石"，它们依然属于我们；我们，属于它们。

110.

在《软纽扣》里，斯泰因似乎尤其担心毫无缘由的、不知从何而来的颜色和痛苦。"为何会有某种颜色的单独一件东西……为何会有那么多无用的苦难？"关于蓝色本身，斯泰因只提出这样一条禅理的公案："每一点蓝色皆是早熟。"

BLUETS

111.

歌德也忧虑颜色和痛苦，尽管他的报道更似战场传来的连载通讯："每一种决定性的颜色都是对眼睛的某种暴行，将这个器官逼迫到对立面。"以我数年在鲜亮的橙色餐厅打工的经验，我立刻领会到这种现象的真确。我在这家餐厅做十小时的轮班，从下午四点到凌晨两点，有时更晚。这家餐厅橙得叫人难以置信。事实上，城里的每一个人都称它为"橙色餐厅"。然而，每次我下班回家，身穿浸透了烟味的衣服瘫倒，双脚支着墙壁，那家餐厅便会在我的梦中重现，变成淡蓝色。曾有一段时间，我以为这是运气，或者愿望成真——看在我爱这个颜色的分上，我的梦境自然地将一切转换为蓝色。但我现在明白了，这更有可能是由于十个小时或者更长时间地注视着饱和的橙色——蓝色的光谱对立面。这是一个简单的故事，却令我心中震骇，因为它提醒我，眼睛只是一台录像机，不管我们是否想要录制。也许心脏也是如此。然而，这其中是否确有某种强烈的机理在起作用，现在依然悬而未决。

112.

有时候，我听人们说梦境没有颜色。但这肯定不对。我们的梦不但有颜色，而且更重要的是：自己的梦是否有颜色，别人如何知晓？有时候，我不禁这么想，因为有了电影，我们的梦更加多彩。(试想电影出现以前梦是什么样子!)然而,我接着想到《十字架之梦》("The Dream of the Road"),一首古英语文献中的基督教诗歌,大约出自8世纪,它闪烁着色彩(闪烁着愉悦与痛苦):"看,我要讲述一个最神奇的梦……我感觉我好像看到一棵树,比任何树都更神奇,高高地耸立,沐浴着阳光,树林里最明亮的一棵树。那盏指路明灯包裹着黄金……多么神奇,这一棵凯旋的树。而我罪孽污身,被恶行重创……我不幸地充满忧虑,害怕那个美丽的景象。我看到那盏指路明灯,变幻无常,更换衣服和颜色:时而被水汽润湿,浸透了流淌的鲜血,时而装点着珍宝。"这里可能会引发黄金是否为颜色的问题，但我不具备回答这个问题的能力。我只想转达这一点："黄金的另一面，与这一面完全相同。"（约翰·伯格[1]）；我倾向于认为，这句话取消了那个问题。然而，做梦者的恶行的红色，貌似没有商榷的余地。

113.

诺瓦利斯在其未完成的小说《奥夫特尔丁根》（*Heinrich von Ofterdingen*）中，讲述了一个中世纪的吟游诗人在梦中看见一朵小蓝花——可能是矢车菊。之后，他渴望在"真实的人生"看到这朵蓝色的花。"我无法摆脱

---

[1] John Berger，英国艺术史家、小说家。代表作有《观看之道》《另一种讲述的方式》《我们在此相遇》等。

这个念头，"他说道，"它在我心头萦绕。"（马拉美也是如此："我被纠缠着。蔚蓝！蔚蓝！蔚蓝！蔚蓝！"）奥夫特尔丁根知道自己的执念有些奇特："谁会如此牵挂世间的一朵花？我也从未听说有人恋慕一朵花。"饶是如此，他一生致力于寻找这朵花，因此开始了冒险的旅程、骑士的传奇和寻觅的浪漫故事。

114.

不过，且先思考荷兰人的俗语："Dat zijn maar blauwe bloempjes"——"那些只是蓝色的花"。在这里，"蓝色的花"是指一堆厚颜无耻的谎言。

115.

在这种情况下,寻找本身便是一种精神上的错误。

116.

你最后一次来看我的时候,身穿一件淡蓝色的衬衫,短袖。这是为你穿的,你说道。那个下午,我们一连做了六个小时,这似乎不太可能,但时钟是这么说的。我们扼杀了时间。你要启程去海边的一个小镇,一个有许多蓝色的小镇,你要在那里与另一个爱恋的女子共度一周,那个现在与你在一起的女子。我以完全不同的方式爱你们,你说道。更深入地思考这个陈述似乎会显得不明智。

117.

"我多么透彻地看清自己的状况，却又多么孩子气地行事。"歌德笔下悲伤的少年维特说道，"我依然多么透彻地看到它，却又毫无改进的迹象。"

118.

那天下午后不久，我偶然看到你与那个女子的照片。你穿着那件衬衫。我去受伤的朋友家，把充气的过膝靴套进她的双脚又脱下——她躺下时必须穿着这双靴子压缩双腿，以便抑制血栓——的时候，给她讲了这个故事。太可怕了，她说。

119.

出事故之前，我的朋友是天才，她现在还是天才。这之间的差别在于，我们现在几乎不能忽视她的宣言。她的身体状况似乎赋予了她神谕的品质，也许是因为她现在通常待在同一个地方，我们必须去找她。你最终将不得不放弃这份爱，一天夜里，我在做晚餐的时候，她告诉我，这份爱有一颗病态的心。

120.

最后，遭到断然拒绝之后，少年维特穿上蓝色外套——是他初次与爱慕的人跳舞那夜所穿外套的仿制品——拿枪对准自己的脑袋自毙。过了整整一夜，他才鲜血淋漓地死去。

这个死法引发了接二连三的模仿,穿蓝色外套自杀在德国以及其他国家流行开来。在这里,正如在其他各地,请注意,透彻地看清似乎并没有让维特,还有我们,走得更远。

121.

"作为真理的一个特征,透彻如此显赫,以至经常充当真理本身。"约瑟夫·茹贝尔[1]写道。40年来,这位法国的"有识之士"在笔记本里记录了数不胜数的片段,准备撰写一部他从未写就的哲学巨著。我深知真理的

---

[1] Joseph Joubert,法国作家,生前没有出版过任何作品,以其身后出版的作品《随思录》而知名,是其好友夏多布里昂在其死后整理其笔记而成的。

这种充当。我有时以为它很有可能位于——如同变魔法的手段——我所有写作的核心。

122.

"真理。以形象和色彩环绕它,以使它能够被看见。"茹贝尔写道,镇定地宣扬一种异端邪说。

123.

谈及信仰之时,我不是指对上帝的信仰。同样地,谈及怀疑之时,我不是怀疑上帝的存在,或者任何一部福音书的真理。对我来说,这类术语从未有过深意。思考这些词语,让我想到玩钉驴尾巴游戏:你被快速地旋转,直转得晕头转向。之后被蒙上眼睛，叉开双手摸索前方，小心翼翼地行走，直到你要么撞到墙壁（笑声），要么被 个朋友轻轻地推向那头毛驴。

124.

因此，我打算自称"精神的瘸子"，正如一位日本批评家曾经如此评价清少纳言——著名的《枕草子》的作者。这位批评家震惊于清少纳言对琐事、美学、流言碎语的痴迷，对男子的敌意，以及对旁人毫无约束与悔意的恶毒议论，尤其是对下层阶级。这部枕边书中的一些条目："给人留下可怜印象的东西""毫无价值的东西""看似受苦的人"。

125.

诚然,你大可摘下眼罩,说道:我觉得这个游戏很蠢,我不玩了。但你也必须承认,正如将尾巴钉到毛驴屁股那样,撞到墙壁、摸到错误的方向,或者摘下眼罩,都是这个游戏的一部分。

126.

清少纳言在记述的开端描述观看白马节会的喜悦,禁中马厩牵出 21 匹浅蓝色的骏马,在天皇面前游行。阅读她的叙述,我立刻感觉必须得死去,然后投生到 1000 年前,亲眼看看这场游行。然而,这中间包含一大危险——嫉妒其他事物的蓝色或者过去的蓝色。

因为，我们或许可以一再坚持，自己想得到的只是满足和快乐，事实却是我们通常会发现自己过度执着于轮回。当我们开始领会——无论多么隐约地——也许确实有可能从轮回之中解脱之时，尤其如此。有些佛教徒称这种疾患为"轮回的乡愁"，当我们开始理解逃避的重要时，这种疾患的爪子似乎反倒越长越尖利。

127.

问问你自己：蓝花楹盛开的时候是什么颜色？你曾对我形容是"一种蓝色"。我不记得我当时是否认同，因为我不曾见过这种树。

128.

你第一次对我讲起蓝花楹的时候,我感觉充满了希望。然后,第一次亲眼看到这些树的时候,我感到绝望。下一季,我又感到绝望。如此这般,我们抵达一个瞬间,接着又是一个瞬间,蓝色在这些瞬间派发定量的绝望。但是,说实话,我看它们是紫色。

129.

我不知明年的蓝花楹会给我什么感觉。我不知我是否会活着看到,或者是否会到这里来看,或者是否能将它们看成蓝色,甚至只是某种蓝色。

130.

我们不能阅读黑暗。我们不能阅读它。它是我们尝试疯狂的一种形式,纵然只是一种普通的形式。

131.

"我只是觉得你不够努力。"有个朋友对我说。我如何能够告诉她,不努力已经成为重点、整个计划?

132.

也就是说,痛心的时候,我便努力地虚弱。就像另一个朋友说,焦虑的时候他就这样做。试着将这当作一种温和的抵抗行为,他说,叫警察给你点颜色瞧瞧。

133.

我一直试图将自己放置在阳光明媚的土地上,然后把我的意志抛掷其中。

134.

将蓝色视作死亡的颜色使我平静。长久以来,我想象死亡的来临如同浪潮涌起——一堵蓝色的高墙。你会溺毙,世界告诉我,总是这样告诉我。你会堕入蓝色的地下世界,蓝色中充满饥饿的鬼魅,克利须那[1]的蓝色,

---

[1] Krishna,印度教里最受人喜爱的神祇之一,是毗湿奴的主要化身。

你心爱的人的蓝色面孔。他们也都溺水而死。在水中做一次呼吸：这个想法让你恐慌还是激动？如果你爱的是红色，你就用刀或枪自毙。如果你爱的是蓝色，你就在衣兜里装满善于吸取水分的石子，走向河流。随便哪条河都可以。

135.

当然，我们可以蓝色地忧郁，却依然活着，至少在一段时间内。甚至，"富有成效地活着"（多年生植物的慰藉！）。譬如，听听《女士唱起布鲁斯》（"Lady Sings the Blues"）："她感觉好糟糕 / 她感觉多忧伤 / 想要世界知道 / 她的忧郁关于什么。"饶是如此，比莉·哈乐戴[1]知道，看着越来越饱和的蓝色，便是意味着最终走向黑暗。

136.

"抑郁之时饮酒，如火上浇煤油。"我在书店的另一本自助书里读到。什么样的抑郁像火？我想着，把书掷回书架。

137.

哈乐戴唱道："但是，现在世界将会知道 / 她将永远不再唱它们 / 不再。"我们难以确定她的意思，究竟是指她抚平创伤朝前看，不

---

[1] Billie Holiday，美国传奇爵士乐歌手、作曲家。

再吭声，还是即将死去。同样难以确定的是，让她欢欣鼓舞的源泉是什么。

138.

然而，这其中也许并没有真正的奥秘。"人生通常比人们对它的爱更强大"（亚当·菲利普斯[1]）。这正是哈乐戴的歌喉唱出来的。听见它，便能理解自杀何以既如此容易又如此困难——去自杀，我们便须踩灭这份天生的欢欣鼓舞，要么通过训练自己，随着时间的流逝，让它丧失活力或不再为我们所信（药物会有助益）；要么通过埋伏的力量。

---

[1] Adam Phillips，英国心理治疗师和散文家。

139.

"记忆是脑中的蓝色?脑袋可以轻易被摘下。"(洛琳·尼德克[1])

140.

如何摘下:我可以喝尽家里的酒,包括余下的这一罐啤酒和一瓶美格威士忌。我可以让自己被很多陌生人同时无情地玩弄,就像第一次的性幻想:我被装在一个盖了许多邮戳的硬纸箱里寄过半个地球。旅程漫长、颠簸,总是少不了被骆驼们挤来挤去。我抵达之时,

---

[1] Lorine Niedecker,美国诗人,以其诗歌中的实验性和超现实主义而闻名。她被认为是20世纪中叶美国诗歌界的重要人物。引用诗句来自其诗作《进程》("Progression")。

BLUETS

一个部落的男子在炽热沙漠的太阳底下打开纸箱，我小小的身体倾倒出来。他们急切地想碰它。

141.

我也想象过我的人生的结尾，或者只是蒸发，被纳入一个蓝色人的部落。我在儿时幻想过这些蓝色的人，早在我知道他们确实存在以前。我现在知道确实有这样的人，生活在撒哈拉沙漠的东部和中部，他们被称为图阿雷格人（Tuareg），意为"被主遗弃"。我也知道很多西方人——包括一些西方女性——有过与我同样的幻想。我知道这种幻想烙印着不可宽恕的异国情趣。然而，事实是，我梦想这些蓝色人已有很长一段时间——譬如,早于我知道伊莎贝尔·埃伯哈特[1]的故事。她幼年离开瑞士去往北非,终生只穿男装,然后消失在沙漠中被称为"Qadriya"的神秘地带。后来被发现在艾因塞夫拉地区的洪水中淹毙,她的尸身"与数十具尸体一同被冲到下游",最后被一根木梁压碎。人们在洪水留下的瓦砾堆中发现了她的部分手稿,题名《遗忘的寻觅者》(*The Oblivion Seekers*)。有一位评论者称这部文集是"一位女性给予世界的最奇特的人类文献之一"。书中的第一个故事这样开头:"这条路蜿蜒曲折,漫长、洁白,朝向

---

[1] Isabelle Eberhardt,瑞士作家、探险家。

遥远的蓝色地方，地球的明亮边际。"

142.

对于埃伯哈特来说，寻找这些遥远的蓝色地方，便是寻找遗忘。对于埃伯哈特来说，寻找遗忘，便是吸食大麻。她将一家烟馆形容为"敞开的伤口"。

143.

很多人说，在哈乐戴相对短暂的人生的尽头（她死于44岁），她的声音被——毒品、酒精、虐待、悲伤——"摧残"。琼妮·米切尔也是如此，尽管她并没有毒瘾，却也一直背负着"被摧残"的名号。"如果健康警告不足以让你放下香烟,那么琼妮·米切尔曾经如天使一般的歌喉被尼古丁摧残得奄奄一息,应该足以让你戒断烟瘾。"最近有一位评论者写道,"米切尔粗哑的声音是其曾经如羽毛一般轻盈的荣耀的影子,映现了她活泼的态度如何逐渐转变为苦涩的不甘。"

144.

那么,也许确实感觉似火——火焰的蓝芯,而非戏剧般噼啪作响的橙色火苗。我在我的"暗室"里用很多时间注视这个蓝芯,我可以见证,它为蓝色如何让位于黑暗提供了杰出的范例——那么,黑暗又是如何毫无预警地长成一朵光的呢?

145.

在德语里,成为蓝色——blau sein——是指喝醉了酒。"Delirium tremens"(酒毒性谵妄)曾被称为"蓝色恶魔",譬如"我患蓝色恶魔的苦涩时间"(罗伯特·彭斯[1], 1787年)。在英国,"蓝色时间"是酒馆低价供应酒的时段。琼·米切尔(Joan Mitchell)——一流的抽象画家,生活在法国莫奈住宅的美国侨民,颜色狂、酒鬼、舌头出了名地恶毒,创造了无疑是历史上最让我喜爱的作品《蓝调》(Les Bluets);她在1973年,我出生那年,绘成此画——她觉得春季的绿色令她极为烦乱,认

---

[1] Robert Burns,苏格兰诗人,所作诗歌受民歌影响,通俗流畅,在民间广为流传。

为它不利于她的创作。她宁愿永世活在"蓝色的时辰"。她的挚友弗兰克·奥哈拉[1]能够理解。"啊,爹地,我想连醉数日。"他写道,并且做到了。

146.

玛格丽特·杜拉斯曾经写道:"一个女人喝酒的时候,就像一头野兽在喝酒,或者像一个孩子,这是在诋毁我们天性中的神圣者。"阿薇塔尔·罗内尔[2]在《可卡因战争》里称杜

---

[1] Frank O'Hara,美国诗人,曾任纽约现代艺术博物馆副馆长,在纽约艺术界声望卓著,被称为"画家中的诗人"。

[2] Avital Ronell,美国学者,主要研究领域为文学、精神分析、政治哲学、伦理学等。代表作为《可卡因战争》(*Crack Wars*)。

拉斯的作品"酒化"——简直浸透了酒精，达到饱和的程度。我们能否想象一本书也同样浸透至饱和，只是浸透的是颜色？我们如何分辨这其中的差别？如果"饱和"意味着再也不能吸收或容纳更多一滴，那么"饱和"何以不伴随着满足的含义，无论在概念或经验里？

147.

"比起你年轻时的容颜，我更爱你现在的脸庞。备受摧残。"杜拉斯《情人》的开篇第一句，一个男子如此告诉故事的叙述者。很多年来，我以为这句话出自有智慧的男子。

148.

图阿雷格人身穿飘逸的长袍,染得如此明亮,蓝得浓郁,染料历时渗进他们的皮肤,实实在在地将他们的身体染成蓝色。他们是沙漠的游牧部落,不肯皈依伊斯兰教的态度出了名地倔强:他们正因此而得名。有一群被主遗弃的蓝色人生活在撒哈拉沙漠中央,赶骆驼、夜间行走、以星辰指路,这事让一些美国基督教徒忧心。比如,在2002年,弗吉尼亚有一群美南浸信会的信徒,专门为这些图阿雷格人组织了一日祈祷会,"好让他们知道主爱他们"。

149.

值得说明的是，图阿雷格人不会自称图阿雷格人。他们也不自称蓝色人。他们自称"Imohag"，意为"自由的人"。

150.

柏拉图认为，颜色是与诗歌一样危险的致幻毒品。他要将两者皆逐出理想国。他称画家为"多彩毒物的调和者与研磨者"，而颜色本身便是毒物的一种形式。宗教改革时期的狂热分子也有同样的感受：他们砸毁教堂的彩色玻璃，认为它们是偶像崇拜和堕落的陋习。出于显然不同的理由，这个理由涉及将廉价的、奴隶劳工采掘的靛蓝染料排斥于欧洲本土出产的菘蓝染料长期占据的西方市场之外，群青色被称为"恶魔之眼"。蓝色在成为"神圣"的颜色之前——这涉及12世纪出现的群青色，及其随后在彩色玻璃和宗教绘画上的使用——经常被视为反基督的象征。

151.

诚然，群青色本身并不神圣。(什么是？)它必须被神圣化，借助将昂贵的东西尊崇为圣洁的邪恶逻辑。于是，它首先必须被昂贵化。然而，群青色的珍贵自始便源于某种误解——古人以为青金石闪烁的石脉是黄金，实则只是一种黄铁矿：傻瓜金。

152.

抛开神圣与邪恶,无人能够理所当然地称蓝色为喜庆的颜色。你不会看到人们用医院安抚哭泣的婴儿或使情绪失控者镇定下来的颜色装点宴会。古埃及人用蓝布包裹木乃伊;古凯尔特武士上战场前用菘蓝涂染身躯;阿兹特克人取出献祭者的心脏供奉在祭坛之前,先将其胸膛涂抹蓝色染料;关于靛蓝的故事是(至少部分是)关于奴隶、暴动和苦难的故事。不过,狂欢节总会有蓝色。

153.

我曾在书里读到,相比其他颜色,儿童大多偏爱红色的旧衣。随着他们长大,才逐渐转向喜爱偏冷的色调——比如蓝色。现今，近一半西方成年人会说他们最喜爱的颜色是蓝色。俄罗斯流亡艺术家搭档维塔利·科马尔（Vitaly Komar）和亚历克斯·梅拉米德（Alex Melamid）做过一项国际调研，名为"最想得到的画作"，发现一个又一个国家——中国、芬兰、德国、美国、俄罗斯、肯尼亚、土耳其——的绝大多数人想要得到一幅蓝色的风景画，偶或有人提出一些不同想法（想要得到芭蕾舞女演员或驼鹿的画，等等）。唯一的例外是荷兰，由于某些神秘莫测的原因，他们想要一幅彩虹色的、昏暗的抽象画。

154.

这让人不禁想推导出某种关于成熟的叙述:长大后,我们最终清醒,对高强度颜色(也即红色)的轻率喜爱便也消失;我们最终学会喜爱富有微妙细节的微妙事物,如此等等。但是,我对蓝色的爱从未让我觉得是一种成熟,或者精致的修养,或者安顿下来。事实上,嗜爱颜色的轻率很可能会保持到成年。琼·米切尔就是其中之一,她习惯依据强度而不是耐久性选择颜料——正如很多画家所知,这种选择最终会让画作落入不堪的褪色状态。(写作是否能免于这一现象?)

155.

我不在乎西方世界一半的成年人也爱蓝色，或者每隔十来年便有人感觉非得为它写一本书不可。对于我与它之间特殊而坚固的关系，我有足够的把握，从而可以与人分享。另外，必须承认，如果蓝色在这个地球上拥有什么特殊之处，那就是它的丰富。

156.

"天空为什么是蓝色？"——一个相当合理的问题，一个我学会了数个答案的问题。只是，每当我试图回忆或者向他人解释之时，总是想不起答案。现在，我只想记得这个问题，因为它提醒着我，我的头脑本质上是一个筛子，我是凡人。

157.

我记得的部分答案：天空的蓝色取决于其背后的空虚空间的黑暗。正如某本光学期刊所说："衬托着空间的漆黑，映照着犹如太阳的星辰，任何一个行星大气圈的颜色都会是蓝色。"在这里，蓝色是空虚与火焰交汇而成的一场痴狂的意外。

158.

上帝是真理；真理是光；上帝是光；如此等等：三段论的链条不断延伸。参见《圣经·新约·约翰福音》1:5："光照在黑暗里，黑暗却不接受光。"(说得好似黑暗也有头脑。)

159.

无数人认为上帝是光,但也有无数人认为他是黑暗。亚略巴古的丢尼修[1],叙利亚的修道士,其作品和身份皆暗然隐晦,似乎可谓是基督教最早严肃倡导"神圣的黑暗"这一思想的典范人物之一。这是一种复杂的思想,鉴于我们须担负区别这种神圣的黑暗与其他各种黑暗的责任——譬如,"灵魂的黑夜"的黑暗、罪孽的黑暗,等等。"我们祈祷我们或

---

[1] Pseudo-Dionysius the Areopagite,公元5世纪晚期至公元6世纪早期的基督教神学家和哲学家,自称"亚略巴古的丢尼修"。

有可能接近这个高于光明的黑暗，尔后，通过领悟，不知不识地识见与知悉视觉与知觉之外者，通过非见与非知，企及真正的视觉和知识。"丢尼修写道，好似在澄清他的观念。

160.

同样复杂的是："agnosia"或者"非知"（unknowing）这一概念，便是我们理想地在这个神圣的黑暗中发现、经历或实现的东西。再有：这个"agnosia"不是一种无知，而是一种"非为"（undoing）。（就像是我们曾经知道，然后忘记？只是，我们曾经知道的是什么？）

161.

哲学家伯特兰·罗素狂热地仰慕维特根斯坦早期的逻辑学著作,但他抱怨后期的维特根斯坦"似乎逐渐厌倦了严肃的思考,便发明一个主张,淘汰这类思考"。我拿不准自己是否同意,但注意到了这一诱惑。那么,我想,维特根斯坦也是如此。他写道:"解释在某处终结。"

162.

据丢尼修说,神圣的黑暗貌似黑暗,只是因为它的光明极其耀眼——为了理解这一悖论,我直视太阳,看见它中心如花盛开的黑斑。然而,纵然这个悖论或实验让人难以抗拒,我对它的兴趣并不如对基督教圣像学那般浓厚，这个"耀眼的黑暗"以惊人的频率表现为蓝色。

163.

为什么是蓝色？《圣经》里没有依据。福音书里所描述的显圣容——简直就是agnosia这朵"明亮的云"降临的地点——这朵云是影子，耶稣的衣服是"熠熠闪烁"的白色。然而，过去2000年里，在一幅又一幅的镶嵌图案和一幅又一幅的绘画里，耶稣站在众多见证者面前变容，映衬着焕然夺目的蓝色灵光——蓝色杏仁状，或者说vesica piscus，在异教时期，这个形状不加掩饰地象征维纳斯和阴户。

164.

我不知道使用这个蓝色阴户旨在传达神圣的困惑与启示的双重意味，但我确实感觉它的蓝色用得适当。因为蓝色没有头脑，它不智慧，也不承诺智慧。它美丽，并且无论诗人、哲学家和神学家都说了些什么，我认为美既不掩盖也不揭示真理。同样，它也不引导人们走向或偏离正义。它是毒药。它映射光华。

165.

两个蓝色通讯员——电影导演——从前方发来报道，说他们接受了一项救援行动，营救即将失踪的蓝色。随着数字时代强势前进，绝大多数电影迅速数字化。鉴于数字化过程让绿色优先于红色和蓝色,这两位通讯员决定收集转换过程中从影片里"坠落"的蓝色。他们说,他们得快速行动。我不知他们打算拿收集的蓝色做什么,或者"坠落"的蓝色会以何种形式出现。我想象是某种混乱。

166.

1939 年的电影《女人们》(*The Women*),全部采用黑白摄制,除了一组染印的片段——一场时装秀——这段场景实则完全可以拆离这部影片。这段片子与整个故事毫无关系,因此放映员可以在电影的任何部分插入或者忽略它的存在。我们能否想象一本书也有类似的功能，尽管须按照相反的顺序——某个可选的、黑白的附件，添附于较大体积的蓝色物体（比如，"蓝色星球"）？

167.

我不再去电影院。请不要试图说服我。当某个东西不再给你快乐的时候，你不能将快乐说服回来。"我的离开不是出于有意识的决定，而只是自然地从电影里消逝。"艺术家迈克·凯利[1]写道，"我们已经成为电影语言，看着银幕之时，我们看到的全是自己。那么，还有什么可以让人倾倒或者吸引人的东西？

---

[1] Mike Kelley，美国艺术家，创作领域包括装置、绘画、雕塑等。

看着标榜着属于你的东西之时,你所能做的只是评论你觉得它与你是否相似。这个肖像是否比你本人好看?这是一种有意识的、显然针对自我的行动。"我发觉自己认同他的所有观点。也许这正是我如此坚决地将目光转向蓝色的原因:它不标榜是我,或者其他任何人。"我以为剧院与我们都厌倦了心理学。"(安托南·阿尔托[1])

168.

塞尚也厌倦了心理学。相反,他关注颜色。他讲到描绘一个男子的脸:"如果我画出

---

[1] Antonin Artaud,法国演员、诗人、戏剧理论家。他提出的"残酷戏剧"的理论对后来的荒诞派戏剧影响重大。

所有小小的蓝色和所有小小的棕色,就能捕捉和传达他的眼神。"这也许只是色彩化地复述维特根斯坦的那句话:"唯当你不试图言说那不可言说者,就没有任何东西会遗失。但是,不可言说者将会——不可言说地——包含在已被言说者之中!"也许正因为如此,我如此严肃地对待塞尚的蓝色。

169.

凯利虽不再痴迷电影,却还是迷上了约瑟夫·康奈尔[1]在1936年制作的《罗丝·霍巴德》(*Rose Hobart*)。这部电影全片拼凑自B级丛

---

[1] Joseph Cornell,美国导演,代表作为《罗丝·霍巴德》。

林电影《东婆罗洲》(*East of Borneo*，1931)被丢弃的胶片。康奈尔用剪刀和胶带，将《东婆罗洲》的77分钟胶片剪短至19分30秒，主要使用影片中顽强的女主角罗丝·霍巴德的镜头。康奈尔另外提供使用说明，说这部影片应当以拉丁舞音乐为背景音乐，并且应当通过深蓝色滤镜投映，以便将罗丝沐浴于他深爱的颜色中。

170.

康奈尔甚至生造了一个词，描述他希望以蓝色渲染的作品所能营造的感觉："Blue-aille"。我不知道它如何发音,但我并不介意——如此一来，它可以是"bluet"（像一种花名的发音),"blue-ail"(像一种疾病),或者"blue-aye"(就像"Versailles"或者"blue-eye"的发音)。然而,与伊夫·克莱因不同,康奈尔并没有给自己的发明申请专利的冲动(这倒也省事,鉴于我们尚不能为一种感觉申请专利,感谢上帝)。康奈尔是收集者,不是所有者。他也构建亭子,称之为"栖息地",委实适合一个爱鸟的人。在一段没有标注日期的潦草笔记里,他写道:"白天/我采集蓝色稠密的残片。"

171.

当我们开始采集"蓝色稠密的残片"之时,我们或许会以为自己在歌颂残片所来自的整体。然而，一束花不是对花丛的敬意。经年间，我积聚了数不尽的蓝色石子、蓝色玻璃片、蓝色玻璃珠、从人行道上揭下的被反复踩踏的蓝色照片、破损建筑掉落的蓝色瓦砾。尽管我不记得它们大多来自何处，但我照样爱它们。

172.

意外发现一部糟糕的好莱坞影片被丢弃的胶片罐。剪辑卷轴，将你最爱注视的镜头竭力整理出来，用你最爱的颜色的滤镜投射所得的拼凑，伴随着喧闹的"热带"音乐：在我看来，此时此刻，这就是最完美的电影。不过，还有另一个重要的候选者：安迪·沃霍尔的《蓝色电影》(*Blue Movie*)，又名《交媾》(*Fuck*)。沃霍尔说："我一直想要制作一部纯粹交媾、没有其他任何东西的电影。"在1968年10月，他做到了。

173.

1969年7月，《蓝色电影》被警察以淫秽罪名查禁，此后数年未曾放映。淫秽问题淡出之后，影片里的一个交媾者，维娃（Viva），以本人从未签名同意发行为由，禁止这部影片公开放映。时至2005年，维娃显然改变了想法，带着这部影片现身数场庆典。但由于我既没有看它，也没有看她，关于这个话题，再多置词便不公道了。

174.

马拉美可能不以为然。对马拉美来说，一部完美的书，是从未被割开书页的，其中的奥秘永远保存，犹如鸟收敛的翅膀或者从未打开的折扇。

175.

维娃对《蓝色电影》里的另一交媾者路易斯·沃尔登（Louis Waldon）说：

"我们不想看到你丑陋的生殖器……你该把它藏起来。"

路易："你看不到。"

维娃："不管怎样，该藏起来。"

176.

这个想法自有其魅力,不过,我想我可能看过太多蓝色的电影,以至它不能给我留下深刻的印象。你若习惯了全面覆盖式,那么纵使最细微的悬疑或者情节也会变成一种焦虑。有谁在乎这些人为何出现在加州伯班克郊外住宅区这间平庸的房子里?他不是送货员,她不是百无聊赖的家庭主妇。他们不是明星——他们的洞孔是。让它们敞开吧。

177.

当你告诉我,一连数月,你随身携带我写给你的最后一封信,无论到哪里,却从未开启的时候,我没有感到些许浪漫,也许这其中的原因越来越清晰了。这对你也许起到了某种作用,但无论什么作用,与我的目的毫无相似之处。我从未打算送你一件护身符,一个空容器,以盛放你在一天中碰巧遇见的渴望、恐惧、悲伤等各种情绪。我写下那封信,因为我有话要对你说。

178.

康奈尔与沃霍尔都不曾误以为所有欲望都是渴望。对于沃霍尔来说,交媾不只涉及性欲,更涉及打发时间:这是你做与不做都随便的事,天才和弱智都做得差不多,如同沃霍尔工厂里的所有东西。对于康奈尔来说,性欲是一种尖利,是停滞的日常生活的一道裂缝——在他的日记里,他称之为"火花""鼓舞""提味"。它给予的不是疼痛,而是刹那间的恩惠。也许值得指出的是,康奈尔与沃霍尔无疑都可以被描述为——至少在人生的某些时期——禁欲者。

179.

我想象一个禁欲的男子之时——尤其是连手淫也不搞的——便很好奇他与他的阴茎之间的关系:他拿它做什么,如何用它,如何看它。乍看之下,放到女性那里,同样的问题似乎就显得较为"隐匿"(作为缺席的阴户,作为缺失的阴户:不在眼前,不在心头)。但我倾向于认为,任何以这种方式思索或谈论的人，实则从未感受过阴户急切地想要交媾的勃动——一种全然传递着心脏的吸吮与喷射的勃动。

180.

我仍不曾提起蓝色公主，这是有意为之：不宜透露太多关于药头的信息。近 20 年以来，她一直是出色的、主要的蓝色供应商。但我还是要说出这一点：前些夜里，我梦见去她的森林拜访她。在梦里，她盘腿而坐，我也如此，但她在悬浮。她不是神——只不过是我去寻她，成了她的客人。森林半透明。我们谈话。她告诉我，污染也可以被崇拜，单纯因为它存在。而伊甸园，她说，伊甸园不存在。我们席坐的这片森林，它也并未真实地存在。

181.

"Pharmakon"意为"毒药"，但雅克·德里达[1]等人已经指出，在古希腊语里，这个词以拒绝指明是毒还是药而闻名。它将两者盛于同一只碗。在其对话里，柏拉图用这个词指涉从疾病、病因、疗法、药方、护符、药物、咒语到人工颜料、染料等各种东西。柏拉图没有说交媾是"pharmakon"。不过，话说回来，柏拉图虽连篇谈论爱，却不太提及交媾。

---

[1] Jacques Derrida，法国哲学家，解构主义思潮创始人。代表作有《书写与差异》《论文字学》等。

182.

在《斐德罗篇》中，书写文字也众所周知地被称为"pharmakon"。苏格拉底与斐德罗所争辩的问题，就是关于书写文字是扼杀还是帮助记忆——是损害头脑的机能，还是治愈头脑的遗忘。鉴于"pharmakon"的多重含义，在某种意义上，答案便只是翻译问题。

183.

歌德也担忧写作的摧毁力。他尤其担忧如何"让（事物的）本质属性在我们面前保持鲜活，而不至以词语将其扼杀"。我必须承认，我不再过度操心这类事。不管怎样，我不认为写作会让事物改变太多，如果确有改变的话。在绝大多数情况之下,我认为写作让一切保持原状。你的诗有什么用?——"我揣测它给语言某种蓝色的漂洗。"(约翰·阿什贝利[1])

184.

事实上,写作是一个惊人的均衡器。譬如,我大可在喝醉或嗑药后亢奋地写下这里的一半命题,再半清醒地写下另一半;我大可流着痛苦的泪水写下一半,再以冷静的疏离态度写下另一半。然而,它们现在已历经无数次

---

[1] John Ashbery,美国诗人、评论家,是后现代诗歌的代表人物。他被誉为"继艾略特和华莱士·史蒂文斯之后美国最有影响力的诗人"。

编排——终于被编排得如同一条往前流淌的河流——我俩又如何能够分辨其中的差异?

185.

也许正是这个原因,写作一整天,即便在写得极其艰难的时刻,也从未让我觉得是"一天辛苦的劳作"。更多的时候,感觉如同平衡一个等式的两端——偶尔觉得相当满意,但大体上是一瞬间的暴雨。写作也是打发时间。

186.

夸大的另一形式:将一种物质推崇为上帝,纵使我们最终会反过来谴责它是伪作。正是为了挫败这些炫饰,法国诗人纪尧姆·阿波利奈尔不以"L'eau de vie"(白兰地)来命名他1913年的诗集,而选择了更精确、更"酷"的"Alcools"(烧酒)。

187.

将心碎夸张为一种寓言,是否是夸大的一种相关形式?失去所爱比这个更简单、更平常。更精确。也可以任由它保持原状。——然而,我又如何解释,每次我将一枚大头针扎进它的气球,一转身,气球似乎立刻又膨胀起来?

188.

我多么频繁地想象你与我所制造的身体

和呼吸的气泡，纵然及至此时，我几乎记不得你的模样，几乎看不到你的脸。

189.

在我隐秘的头脑中，我多少次编排黑色与红色的丝带在水中的舞蹈，两根心灵与头脑的严肃的绳索。青绿色水中的墨汁和鲜血：这些是交媾之中的颜色。

190.

过去的属于过去。我们也大可任由它保持原状。

191.

另一方面，必须承认毕竟存在着余效，外在起因被撤除或自行撤离长久之后依然盘桓萦绕的印象。"如若直视太阳，人的眼睛便会数日驻留其形象。"歌德写道，"波义耳[1]讲述了一个驻留十年的形象。"谁敢说这个余象不是同样真实？靛蓝不是在染料桶里染的色，而是在衣服取出之后，空气中的氧气染蓝了布。

192.

青紫症（Cyanosis）：血液氧气不足，譬如，由于心脏畸形导致皮肤发蓝。譬如，"他

---

[1] Robert Boyle，爱尔兰自然哲学家、炼金术士，在化学和物理领域有杰出贡献。

对我的爱引发了青紫症"（西尔维斯特·贾德，1851年）。

193.

然而，深入思考这个问题之后，我承认，写作确实会对记忆产生影响——有些时候，写作有着与童年的相册同样的作用，每张照片取代它旨在保存的记忆。也许这就是为什么我避免书写太多特定的蓝色事物——我不想用文字取代对它们的记忆，不想对它们做防腐处理，不想把它们供奉起来。事实上，我认为，最好让写作替我清空它们，让我成为更好的容器，以便盛放新的蓝色事物。

194.

我们可以期待被惊喜（état d'attente），但是很难——甚至不可能——感到惊喜。也许我们顶多只能回顾过去，看看已经出现的惊喜，它们可能会再次出现。"爱人虽会失去，爱不会。"如此等等。但我仍无法确定，如何将爱从爱人身上割离而不至于导致某种程度的屠杀。

195.

书写思想的相册是否也会类似地取代或接替"原本"的思想本身？（请不要在此抗议，说什么语言之外无思想存在，这就像是告诉一个人，她多彩的梦境实则无色。）然而，如果写作确实能取代思想——如果前者挤走后者,好比从一个孔里碾磨一块湿润的泥土——多余的东西去了哪里?"我们不想用剩余的自我污染世界。"(丘扬创巴[1])

196.

我揣测,出于类似的原因,我避免书写太多关于你的具体记忆。我最多会说"我们的交媾"。不然,隐瞒细节还有什么原因?显然,我不是内向的人,我很可能是愚蠢的人。"噢,我多少次诅咒这些愚蠢的书页,将我少年时代的痛苦变成公共财产!"出版《少年

---

[1] Chögyam Trungpa,又译为丘阳创巴、邱阳创巴,是第十一世创巴祖古,也是一位伏藏师。

维特的烦恼》数年之后，歌德写道。清少纳言也有类似的感受，她在她的枕边书获得名声和恶评之后写道："无论世人如何看待我的书，我依然懊悔让它面世。"

197.

我揣想我们某天会重逢，那时我们会觉得我们之间什么都不曾发生。这似乎难以想象，而实际上，类似的事屡见不鲜。"没有哪一种白（失去），白得 / 如同白色的记忆。"威廉·卡洛斯·威廉斯写道。只是，人也会失去白色的记忆。

198.

在 1994 年的一次采访里，也是《著名的蓝色雨衣》面世 20 年后，科恩坦承自己不再记得这首歌所描述的三角恋的具体细节。"我一直觉得有一个无形的男人企图勾引与我一起的女人，我现在已经不记得这个男人是否有真实的化身或者只是出自想象。"我觉得这种遗忘鼓舞人心，又颇令人悲伤。

199.

许愿忘记曾经那么深爱的人——然后，实实在在地忘记——有时会让人觉得如同屠杀一只美丽的鸟，而这只鸟出于无异于恩惠的动机，在你心上筑巢。我听说，譬如通过信奉"万物本无常"的原则，就可以转换这份痛苦。这种信仰令我迷惑：它时而似意志的行动，时而又似屈服的行动。我时常感觉自己在两者之间摇晃（晕船）。

200.

"你不能两次踏进同一条河"——这无疑是一句振奋人心的颂词。然而，这实则只是赫拉克利特留下的残片的一种版本，他被贴切地称为"造谜者"或"晦涩者"。其他版本有："踏进河流的人依然相同，流过的水不同"；"我们踏进又不踏进同一条河；我们存在又不存在"；"你不能两次踏进同一条河，因为其他的水、更多其他的水继续流过"。看起来，在这里，某个东西保持原状。只是，是什么？

201.

我相信一个崭新的自我踏进一条永远崭新的河流的可能性——甚至不可避免性，譬如这个版本："没有哪个人能两次踏进同一条河，因为河不是同一条河，人也不是同一个人。"然而，我也意识到赫拉克利特的残片容许这种可能性：一只老鼠以一种停滞的永恒状态，反复地用口鼻撞一块通电的奶酪。

202.

因为事实上，研究记忆的神经科学专家仍未弄清，每当我们记忆某事物之时，我们是否能获得一个稳定的"记忆碎片"——通常被称为"痕迹"或"记忆痕迹"——或者每当我们记忆某事物之时,我们是否在创造新的"痕迹"去存贮这个记忆。鉴于至今仍无人能够分辨这些痕迹是何种物质,或者找到它们在大脑中的位置,关于人们如何看待它们的问题多半仍是隐喻:它们可以是"乱涂乱画""全息图",或者"印记"。它们可以生活在"螺旋""房间",或者"贮藏间"。就我本人而言,当想象我的头脑在记忆之时,我看见《幻想曲》(*Fantasia*)里的米老鼠,在牛奶般、海军蓝、充满闪烁的漫画星辰的星系间漫游。

203.

记得20世纪80年代可卡因刚刚进入电视荧幕的时候,我听说过各种可怕的故事。说即便你只嗑过一次,那种妙不可言的兴奋记忆也会永远活在你的身体里,要是没有了它,你从此再也不能感觉到满足。我不知这是否属实,但我承认我确实被吓得远离毒品。此后数年里,我时或发觉自己在寻思,同样的原理是否适用于其他领域——比如说,如果看到一种特别惊人的蓝色,或者让一个性能力特别强大的人进入你的身体,是否会不可撤回地将你改变,仅仅是因为曾经看见过或感觉过。在这样的情况之下,我们如何知道何时或如何拒绝?又如何恢复?

204.

近来，我试图从所收藏的蓝色护身符中领悟"万物本无常"。我把它们摆在壁架上，这个壁架大半天都晒着太阳。我特地选择这个位置——我喜欢看阳光穿过蓝色的玻璃、蓝色墨水瓶的瓶身、半透明的蓝色石子。然而，阳光显然会摧毁一些物品，或者至少漂白它们的蓝色。我每日寻思着要将最脆弱的物品转移到"阴凉、昏暗的地方"，然而，事实是我的保护直觉十分微弱，甚至完全欠缺。出于懒惰、好奇或者残酷——如果我们可以残酷地对待物品——我任由它们残褪。

205.

最脆弱的物品之一是一张便条，上面写着：你说你思索蓝色。这是很久以前有个恋人写给我的。在这张便条上，他贴了一方块撕碎后仔细缝合的蓝色纸片。而今，这整个构造即将散架——缝线脱落、字迹褪色。这件物品如同那个恋人，他总是打破东西，尔后想出别具心裁的方法修补。每住一个地方，他就在半空中高高地筑起一张床，搭一把摇摇欲坠的梯子攀爬，然后将珍贵的兰花搁在歪斜的架上，摆在梯子脚，以便让人爬下梯子的时候经常碰落兰花。这个男子有一个文身，一条海军蓝的蛇，当他的手指没入我身体的时候，我喜欢看着它映衬着他手腕的白色舞蹈。这个文身是为了纪念他所有的蛇死去的那夜。那是在康涅狄格州的一个冬夜，极其寒冷，热气供应被切断，于是他在蛇笼外打开尽可能多的灯，给它们取暖。然后，我们睡着了，热气恢复正常，蛇因温度过高死去。比撞倒一盆兰花更糟糕。这个男子曾教我如何杀死老鼠，捏着尾巴往桌子上摔。如果蛇攻击并咬伤老鼠，却又不致命的时候，你就这么干，他说，就因为蛇对老鼠失去了兴趣，便让受伤的老鼠继续活着是很残酷的。后来，他买了一条新蛇，名叫金凤花的七彩蟒蛇，犹如一根白炽光的绳索。金凤花的颜色令我无限痴迷，但她身长五尺又强壮，他若不在屋里，我不喜欢她盘绕着我的二头肌的感觉。临近分手之际——我们都不曾预见的分手,他说他有一个惊喜要给我。这个惊喜是又一个蓝色文身,一个扭曲的圆圈环绕着他的脖颈根。文在他身上很美、很简单。我与它共处的时间不曾久得让我足以了解它的用途。

206.

也许写作并不确然是毒药,而更是一种媒染(mordant)——将染料固着于对象或者影响对象的一种辅助手段,就像文身针头将墨水灌入皮肤。但是,"mordant"也是双刃剑:这个词源自"mordēre",意为"咬噬"——因此,它不只是定色剂或保存剂,也是一种酸溶液,一种腐蚀剂。一年多前,我显然将要失去你或者已经失去你的时候,我告诉你"你蚀刻在我心头"的时候,我心里是否想到这个双重含义?我当时或许还不知道,"etch"(蚀刻)源自"etzen"或者"ezjan"——被吃掉的意思——然而,自那以后,我开始了解这个词根的全部意义。

207.

我记得曾经有一段时间,我将亨利·詹姆斯的忠告——"努力做一个从不失去的人!"——牢记在心。我想我当时想象着,成为这样一个人的净效应一直是递增。然而,倘若你真的成为一个从不失去任何东西的人,你就不会懂得失去。

208.

1947年2月28日，康奈尔在日记中写道："一如既往，今日也下定决心在写作里超脱潮水般势不可当的忧伤，这份忧伤在过去如此地羁绊与蹉跎。"

209.

杜拉斯认为酒精不是虚假的上帝，而是一个占位符，擅自占据上帝缺席之时的位置。"酒精不安慰人，"她写道，"它只是取代上帝的缺席。"然而，这并不能必然推导出，如果某种物质退出其位（放弃），上帝便会匆匆去占据。对有些人来说，这个空位本身就是上帝；对另一些人来说，这个位置必须空着。"空间诸多，无物神圣。"有一位禅师（菩提达摩）如此定义顿悟。

210.

对爱默生来说，梦境和醉酒只是"神谕天才"的"伪造和假装"。其中自有危险：他们模拟——通常相当出色——"心灵的火焰和慷慨"。我认为他在"布道"（sermons）中提倡的，是一种逐渐取代神学上帝的自然上帝，我们如今称之为"自然的兴奋"。

211.

但是，你确定——或者我们想问的是——这确是模仿、是"fumisterie"（诈骗）？啊，无须问，只须看。你亲眼去看，无须质问何为真何为假，而须质问何为苦何为甜。

212.

若今日死去，我会说，对蓝色的爱和与你做爱这两种感觉，是我所知世上最甜蜜的感觉。

213.

但是，你确定——有人或许想要询问——是甜蜜的？

214.

——不，不确定，或者并不总是确定是甜

蜜的。如果我强制实行"残酷的诚实"这一原则，也许甚至不经常。

215.

关于疼痛，我们似乎经常将它当作唯一的真实，或者至少是最真实的：它来临之时，先于它的一切，它周围的一切，甚至在它面前的一切，都似乎成为瞬间和错觉。在所有哲学家中，叔本华是这一思想最滑稽、最直接的代言人："我们通常发现，愉悦不似我们所期待的那般愉悦，而疼痛则超过我们所预期的那般疼痛。"你不信他？他提出这个便捷的测试："比较正在吃另一动物的动物与被吃的动物之间的感觉。"

216.

收音机里说，今天是"一切被改变"的那天的五周年纪念日。反复讲了无数次，听得我索性关掉了收音机。一切被改变。一切被改变。那么，变的是什么？刀锋揭示了什么？它为谁而来？爱默生写道："让我悲伤的是，悲伤不能教会我任何东西。"

217.

"我们仅被给予心脏所能承受的分量""杀不死你的让你更强大""悲痛为我们提供最需要学会的教训"，诸如此类的话语让我受伤的朋友愤怒。确实，他们想必难以设置一堂要求人们成为四肢瘫痪者的精神修炼课。在她看来，那些虔诚或半虔诚的熟人、旁观者，提出"这其中必定自有因果"等等冷淡的观念，实则是在施行另一种形式的暴力。她没有时间应付这等观念。她忙于追问，在这个被改变的身体里，什么是可以忍受的人生，她如何与它一同活下去。

218.

作为她的见证者，我可以证明这其中没有因果，没有教训。但我可以说这一句话：看着她，与她一同坐着，帮助她，与她一同哭泣，抚摸她，与她说话，我看到了她的灵魂绚丽的核心。我无法告诉你它究竟是什么样的，但我可以说我曾看见。

219.

同样，我可以说看见它让我成为信徒，尽管我无法描述我开始相信或者信仰的究竟是什么。

220.

试想有人说："我们的根本状态是喜悦。"现在，试想去相信这句话。

221.

或者，别管信仰，而是试想感觉——即便只是一瞬间——这是真实的。

222.

2002年1月,我在干龟群岛露营,这个岛实则是距离古巴北部边境90英里的一座废弃堡垒。我翻阅着《自然》杂志,读到关于宇宙的颜色(尚且不论这是指什么——在这里,我揣测是指对于近20万星系所释放的光线的光谱调查)终于有了推断结果。这篇文章说,宇宙的颜色是"浅青色"。理所当然的,我思忖道,伤感地望向波光粼粼的海湾。我一直都知道。世界的心脏是蓝色。

223.

数月后,回到家中,我在另一处读到,这个调查结果出了错,是计算机故障所致。这篇新文章说，宇宙的真实颜色是浅灰色。

224.

不久前，我得知"les bluets"可以翻译为"cornflower"（矢车菊）。你或许以为我自始便知道，鉴于我数年来一直称这本书为"Bluets"（发错了音）。然而，不知为何，我一直只听说："这是一种花心为黄色的蓝色小花，在法国乡村遍地生长。"我以为我从未见过它。

225.

得知bluets的真相后不久，我做了一个梦，梦见收到一大捧矢车菊。在这个梦里，矢车菊作为这些花的名字很贴切。它们再也无须做 bluets。它们生长在美国，野生、粗硬、坚韧。它们不象征浪漫。它们不是任何人为了庆祝任何节日送给我的。我确实一直知道它们。

226.

当我为这项写作计划收藏蓝色时——收进文件夹、盒子、笔记本、记忆——我想象要创作一部蓝色巨著，关于蓝色的观察、思想和事实的简明百科全书。然而，当我现在一一摆弄这些藏品之时，最让我吃惊的是它们的贫乏——一种似乎与我的狂热成反比的贫乏。我以为我收藏的蓝色足以造一座山，纵然只是石渣岩屑的山。而今看来，我仿佛只是捡到戏早已开幕又落幕之后散落在舞台的一堆稀薄的蓝色凝胶；背景道具早已拆解。

227.

也许本该如此。维特根斯坦的《逻辑哲学论》——他在世时出版的最早也是唯一的哲学书——只有60页，却提出了七个宏大命题。"关于这本书的简短，我十分抱歉；可是，我还能做什么？"他致信译者，"纵使你像挤柠檬一般地挤我，也不能再多挤出什么了。"

228.

我那位受伤的朋友现在能够通过语音识别软件写信，让她的朋友们即时了解她的身体变化——这类变化总是很多。"我的人生能够改变，会改变。"她坚定地宣称——确实已经、正在改变，并且经常以惊人的方式。然而，在这些信的结尾，她通常会添加一小段话，坦言她依然承受的肉体疼痛，她为失去的一切所感到的深刻的悲痛，她形容这份悲痛是一个无底洞。"如果不写及这些艰苦挣扎的困难，我怕我会歪曲四肢瘫痪者和脊髓损伤者不堪忍受的现实。""所以，在这里，我用这段话直言不讳地宣称，我继续承受苦难。"

229.

我用蓝色墨水写下这些话，以便记得所有词语，而不只是某些词语，写在水里。

BLUETS

230.

5月，躲在北方，这是只见过四天阳光的5月。余下的日子都是厚重的灰色，细雨连绵或大雨倾注令一切郁郁葱葱。茂密而碧绿。简而言之，一个噩梦。我每天穿着黄色雨衣，走很长的路，寻找蓝色，任何蓝色的东西。我只找到覆盖柴堆的防水布（总是防水布！），被踢倒在街头的数只蓝色再生纸回收箱，还有零落的灰蓝色信箱。我每晚回到黑暗的房间时，两眼空空，双手空空，好似一整天在一条冰冷的河里徒劳地淘金。不要再与世界作对，我建议自己，爱与你共处的颜色。去爱绿色。可是我不爱绿色，也不去想我不得不爱它或者假装爱它。我顶多会说，我容忍它。

231.

那个月里，我每夜躺在狭窄的床上触摸自己，高潮的时候想起你，同时心里一直明白，我是在播下新灾难的种子。那时，灾难没有来临，但后来确实来了。"虽然六天顺利过去／第七天将会带来蓝色的忧郁或者债主"（拜伦，1823年）。我顶多会说，这一次我汲取了教训。我停止希望。

232.

也许，我最终也会停止思念你。

233.

对有些人来说,未来不可知是上帝将我们与当下缝合的方式。对另一些人来说,这是恶意的标记,是我们在此的整个存在最好被理解为一个玩笑或错误的确凿证据。

234.

对我来说,两者皆不是。这只是人生存在的方式。这场事故是幸或不幸,大概更隶属于情绪的问题,而不是其他问题;困难在于"我们的情绪彼此怀疑"(爱默生)。我们或可在风景里漫游,去寻找线索,收集证据,然而,即便叠起最高的证据堆,似乎也永远不能解决这个问题。

235.

"当你感到蓝色的忧郁之时,关于忧郁,有一件事他们不会告诉你,那就是你不停地坠落,因为这里没有底。"爱美萝·哈里斯[1]唱道。也许她是对的。被告知这里没有底或许有助益,除非——正如他们所说——你随地或随时停止挖掘。你得站在那里,手提铁锹,因喝多了威士忌而渗出的冷汗挂在眉梢,眼睛狂野而变形,犹如蹩脚的掘墓人极度厌倦这个行当。你得站在自己挖掘的土坑里,独自在黑暗中,安静勃动的黑暗,被尸体的愤慨包围。

---

[1] Emmylou Harris,美国歌手,曾获 14 次格莱美奖。引用的歌词来自其歌曲《红土女孩》("Red Dirt Girl")。

236.

别为这个事实过于烦恼。梅洛-庞蒂如此描述塞尚:"十天当中有九天,他在周围只看到自己糟糕的经验生活与不成功的尝试,犹如未知的庆典的残骸。"

237.

无论如何,我不再数日子。

238.

如果某天你读到这本书,我想要你知道,曾经有一段时间,比起这里任何一个词语,我宁愿你在我身边;比起世上所有的蓝色,我宁愿你在我身边。

239.

可是,你现在说得好像爱是一种慰藉。西蒙娜·薇依[1]有另外的告诫。"爱不是慰藉,"她写道,"爱是光。"

240.

那么,好吧,且让我试着换一种说法。活着的时候,我旨在做光而不是渴望的学生。

(2003—2006 年)

---

[1] Simone Weil,法国哲学家、社会活动家、神秘主义思想大师。

图书在版编目（CIP）数据

蓝 /（美）玛吉·尼尔森著；翁海贞译. -- 北京：
北京联合出版公司，2022.4（2025.3 重印）
ISBN 978-7-5596-5913-2

Ⅰ.①蓝… Ⅱ.①玛… ②翁… Ⅲ.①散文集－美国
－现代 Ⅳ.① I712.65

中国版本图书馆 CIP 数据核字（2022）第 025218 号

蓝

作　者：	[美] 玛吉·尼尔森
译　者：	翁海贞
出品人：	赵红仕
策划机构：	明　室
策划编辑：	陈希颖　赵　磊
责任编辑：	龚　将
特约编辑：	孙皖豫
装帧设计：	山川制本 workshop

北京联合出版公司出版
（北京市西城区德外大街 83 号楼 9 层　100088）
北京联合天畅文化传播公司发行
北京市十月印刷有限公司印刷　新华书店经销
字数 47 千字　787 毫米 ×1092 毫米　1/32　5.5 印张
2022 年 4 月第 1 版　2025 年 3 月第 20 次印刷
ISBN 978-7-5596-5913-2
定价：48.00 元

版权所有，侵权必究
未经书面许可，不得以任何方式转载、复制、翻印本书部分或全部内容。
本书若有质量问题，请与本公司图书销售中心联系调换。
电话：(010) 64258472-800

BLUETS

by Maggie Nelson

Copyright © 2009 by Maggie Nelson

Arranged with Bardon-Chinese Media Agency.

Simplified Chinese edition copyright

© 2022 by Shanghai Lucidabooks Co., Ltd.

All rights reserved including the rights of reproduction

in whole or in part in any form.